JN207178

パンツのひもゆるざえもん

森くま堂 作
カワダクニコ 絵

もくじ

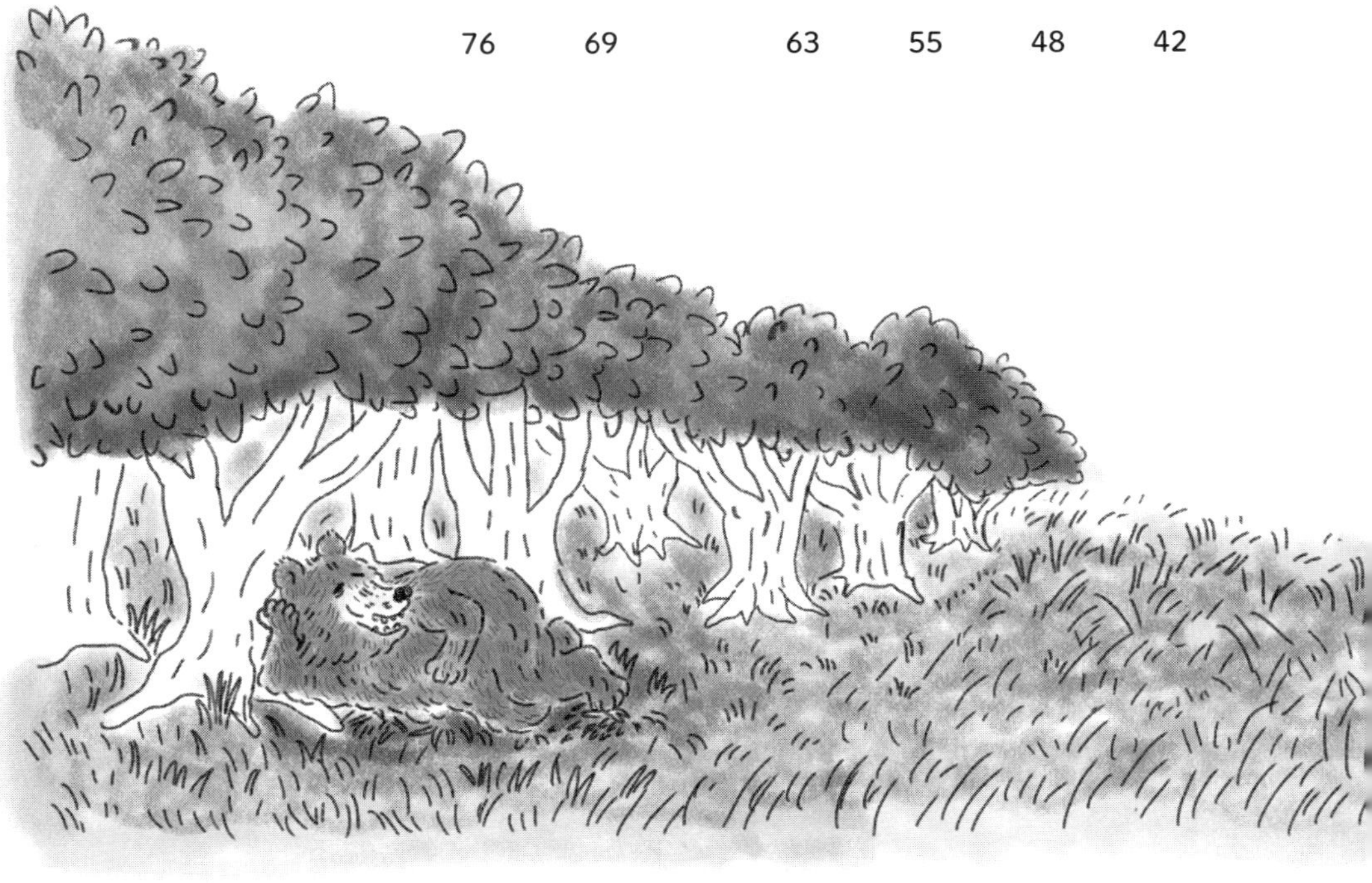

1　あやしいおとこ、あらわる

青い空に、色とりどりのノボリがはためいています。

今日《きょう》は村をあげての祭《まつ》り。

ぴぃひゃらぴぃひゃら　どどんこどん……ほらもう、ちんじゅの森から、ふえやたいこの音が流《なが》れてきましたよ。

おやしろにつづく坂道《さかみち》の両《りょう》がわには、あめやだんご、ハッカや金魚を売る店まであらわれて、にぎやかにお客《きゃく》をよんでいます。

さて、晴《は》れ着《ぎ》を着《き》た村人たちに

まじって、古めかしいカバンをもった男がひとり、坂道をのぼってきました。

祭りだというのに、あなのあいたそまつな着物《きもの》を着て、ひげをぼうぼうはやしています。

男はだれに気づかれることもなく、鳥居《とりい》のそばにある大きな石にカバンをのせました。

そして、カバンのはしをパシンパシンとせんすでたたきながら、

ませんか。

「さあさ、お立ちあい」と、しゃがれた声をはりあげたではありませんか。

「おーい、そこのとっつぁん、ぼうやに、じょうちゃん。ごようとおいそぎでなかったら、あっしの話を聞いていっておくんなさいよ」

男のうしろで、松《まつ》の枝《えだ》がびりびりとふるえます。

「けっして、そんは、させませんぜ」

やがて、なにごとかと子どもたちが、かけてきました。

おまいりをすませたおとなたちも、三人、五人、二人、四人と、あとにつづきます。

まわりをぐるりと村人にかこまれた男……じろうりじろり、あたりを見まわしたかと思うと、「さあて、みなのしゅう」と、話しだしたのでございます。

「今日《きょう》は祭《まつ》りだ。めでたい、めでたい。このめでたい日に、ひろうするのは一本のひもの話さ」

ところが、それを聞いたとたん、おとなたちは、鼻《はな》の先でふふんとわらって、

「ひもだって？　くだらん」

今にも、みなが、立ちさろうとしたそのときです。

「くだらんだと？　わらわせちゃあいけねえよ」

せなかをむけようとしたとっつぁんに、男が、にゅっと顔を近づけました。

「ひもといっても、そんじょそこらのひもとはわけがちがう。生ま

れでたのは山のふところおく深《ふか》く。ちょうよ、花よとそだてられ、いつしかパンツのひもに……」

パシンとせんすがなる前に、子どもがさけびました。

「おっちゃん、パンツのひもってなに?」

すると、そんなことも知らないのかい、とでも言いたげに、むっつり目をむいた男は……。

「ぼっちゃん。ひもってもんは、パンツになくてはならねえもんだ。へその上で、きっちりむすぶから、パンツはずりおちずにすむ。そうでなければ、あっちでずるずる、こっちでずるずる。しりまるだしで歩かにゃなりませんや」

そう言ったあと、子どもがこくんとうなずくのをたしかめて、鳥が羽ばたきでもするかのように両《りょう》うでをひろげました。
「みなのしゅう。耳のあな、かっぽじって聞いとくれ。のんきなひもが、いかにして、かのゆうめいな〝パンツのひも　ゆるざえもん〟になったかを」

男はせんすを右に二《ふた》ふり、
左に三《み》ふり。
「聞くもなみだ、
語るもなみだのものがたり！」
パシン　パシン

２　くま、パンツをはく。ずるりずるり

そのむかし、一ぴきのくまが、山道を歩いておりました。

いつものけもの道。そこになんと、ぬのきれがおちていたのでございます。

「なんだろう？」

くまは、ぬのきれをひろいあげて、鼻《はな》をくんくん。

すると、ぬのきれは毛むくじゃらの手のなかで、きゅっと身《み》をすくめ、ふるえる声で言いました。

「わたしはパンツ。山のふもとにたつ家のえんがわにたたまれてい

たのです。ところがとつぜん、大きな風が、びゅうんとふいて……気がつけば、こんなところに」

「ふうん、あんたはパンツかい……人間がはいているのを、いく度《ど》か、見たことがあるぞ」

くまは、さっそく人間をまねて、パンツをはいてみることにしました。

けれど、これがむずかしい。二本の足をひとつのあなにいれてみたり……頭からはいてみたり。やりなおし、や

りなおし、やっとこさ、あなのそれぞれに一本ずつ足をいれたまではよかったものの、パンツはすぐに、ずるりとおちてしまいます。

それもしかたありますまい。村一番の大男のためにつくられたパンツが、ひもをとおす前に、風にとばされてしまったのですから。

しかし、くまはパンツをはけたのがうれしくて、ずるりとおちても、ひきあげてはてくてくずるずる、ひきあげてはてくてくずるずる、人間のように歩きました。

さて、くまの行くてには、古いかしの木がありました。

そして、その枝《えだ》に、一本のひもがぶらりとぶらさがっていたのでございます。ひもからも、二本足でやってくる、くまのすがたがよく見えました。

おやおや、ふだんは四本足で歩いているというのに、今日《きょう》はどうしたというのだろう。

ひもはさっそく、声をかけてみることにしました。

「おおい、くまさん。なんだかいつもとちがって見えるぞ。なにかあったのかい？」

いつもとちがうだって！

くまのまるい耳が、じまんげにムクッとそりかえります。

「……へへへ……パンツをはいているんだよ」

「こりゃあ、おどろいた。人間がはく、あのパンツかい？」

「そうさ。かっこいいだろう」

「けど、くまさんよ。あんた、パンツをはいているのはいいが、りっぱなしりが、まる見えだぜ」
とたんにくまは、はずかしげに、
おしりをもぞもぞさせました。
それを見て、ひもはピンときたの
でございます。
「パンツがゆるいにちがいない」
ひもは、こまっている者《もの》を見たら、
知らんぷりすることなどできない、
しんせつなしょうぶんでした。
ですから、まよわず、「おいらが、
手つだってやるよ」と、くまの手を

かり、パンツのなかにはいったのは、とうぜんのことでさあ。

ただ、ひもも、くまも、きちんとしたむすび目のつくりかたまでは知りません。あいかわらず、パンツはくまのしりから、すべりおちるのでした。が、それでも、くまはへいきのへいざ。

「世界中さがしたって、パンツをはいているくまなんか、おれのほかにいやしないよ」

ずりおちるくらい、どんぐりのひとつぶほども、気になりゃしません や。一歩あるいては、ひきあげ、二歩あるいては、またひきあげて……ずんずん、ずんずん、すすんでいきました。

パシン　パシン

3 わかれは、とつぜんに……

ある日、くまはひいらぎのしげみを歩いておりました。とがった葉《は》っぱがチクチク毛皮《けがわ》をさし、とびでた枝《えだ》が行くてをふさぎます。

けれども、くまは気にもとめずに、ずんずん、ずんずん。

ところがそのうち、一本の枝にパンツのすそが、ひっかかってしまいました。しかし、それくらいのことで、くまは前にすすむのをやめません。しだいに、パンツは下にさがり……とうとう、ずるりと枝にのこされて……。

パンツとひもは大あわて。

「くまさーん、まってくださーい」

「おーい、おいらたちを、おいてかないでくれよ」

しかし、のんきなくまときたら、パンツの声も、ひもの声も聞こえなかったのでしょう。一度《いちど》もうしろをふりかえることなく、林のむこうへときえていったのでございます。

たいへんだ！

のこされたパンツとひもは、ぶわりそわりと風にふかれるしかありませんでした。


さて、それからどれくらいたったころでしょうか。

うめくようなひものささやきを、パンツは聞きました。

「パンツさん、すまねえ。おいらがゆるいばっかりに、あんたまでおいてゆかれた」

「なあに、ひもさんのせいじゃありませんよ。じきに、くまさんも、もどってくるでしょう」

パンツは本気で、そう思っていたのです。

けれど、ひもは気が気ではありませんでした。

なにしろ、くまがわすれっぽいやつだということは、とうに気がついておりましたから。

ぶわりそわり　そわりぶわり。

パンツとひもが風にゆれます。

たよりなく、ゆれます。

ひもは、心のそこから、

「ゆるいのはいやだ。キツキツになりたい」と、思わずにはいられませんでした。

パシン　パシン

4　どうやって、前にすすむのかにょろ

　そこへ、やってきたのが一ぴきのへびだ。へびは、むこうの森でカエルを三びき、のみこんだばかりでございました。

　パンツとひもがひっかかっている枝《えだ》の前までくると、どろんどろんと、とぐろをまきます。

　そのようすを、じっと見ていたひも。思いきって、声をかけました。

「あのう、そこのニョロニョロさん」

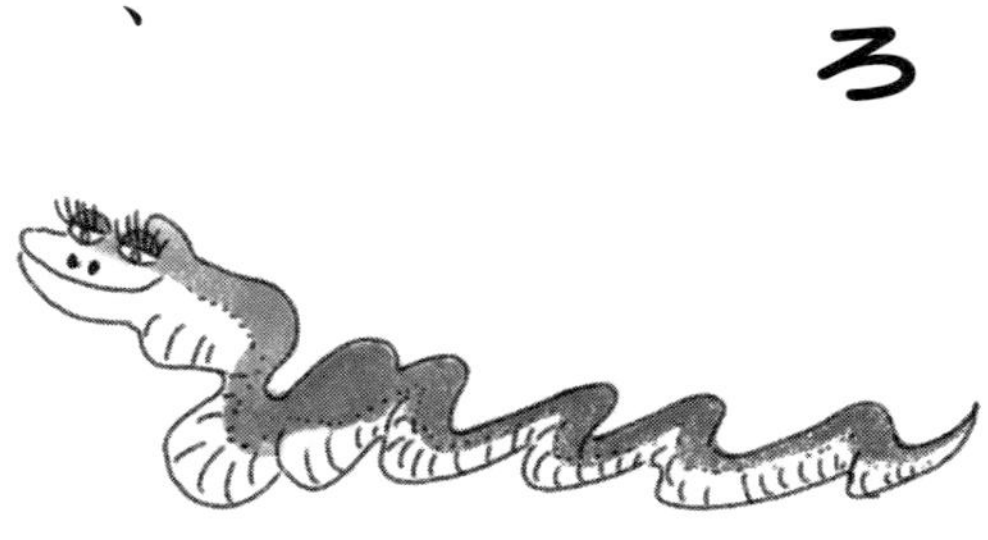

へびは、さっきのカエルが腹《はら》にもたれて、「これから、ひとねむりでもしようかにょろ」そう、かんがえていたところでした。

ぶあいそうに、「はて、ニョロニョロさんとは、だれのことやらにょろ」と、したをちるる、ちるるちるる。

「あんたさ。あんただよ。あんたも、おいらとおんなじ、ひもだろう？」

風にふかれるしかないひもは、いっしょうけんめいです。

「おいら、ニョロニョロさんみたいに、じょうずにうごきたいんだ。どうしたら、ニョロニョロうごけるか、おしえておくれ」

ところがへびときたら、そこいらの、こぎたないひもといっしょにされるなど、がまんがならぬ。二《ふた》またにわかれたしたで、口のま

わりをチロンとなめ、こたえました。

「ふん、……あたいはひもじゃないにょろ」

「え！　それじゃあ、あんたはなに？」

「あたいが、なに者《もの》かもわからないなんて、おまえさんは、なんてもの知らずなんだい！」

へびは、くいっと、かま首をもたげると、

「よくお聞き。あたいは空をとぶ大きなりゅうのなかま……へびさ。ひもなんぞが、気やすく声をかけられるあいてではないにょろ」

ひもは、へびはもちろんのこと、空とぶりゅうなど見たことも聞いたこともありません。

それでも、ごめんなさいと頭をさげ、しんぼうづよく、たのみつづけたのです。

「りゅうのなかまのへびさん、どうか、どうかおしえておくれ。おいらも、あんたのように、かれいに美《うつく》しくうごきたいんだよ」

かれいに？　美しく？

へびは、ひものことばに、うっとりと聞きほれました。

なにしろ、かれいとか、美しいとか言われることは、まるまるふとったカエルをのみこむつぎに、すきでしたからね。

「まったく、うるさくて、ひるねもでききゃしないにょろ」

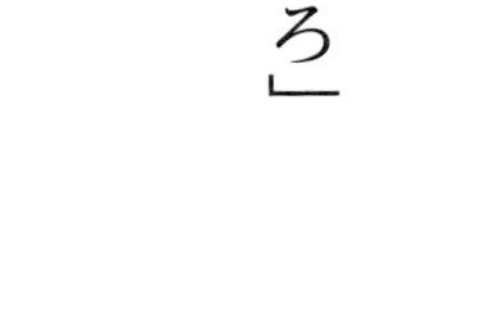

ブツブツ言いながら、それでも、
「前にすすむときは、Ｓ《エス》の字のように、
身《み》をくねらせてすすむんだにょろ。
やってごらんよ」と、ひもの先をくわ
えて、パンツからひっぱりだしました。
「さあ、ＳＳ　ＳＳ　ＳＳだにょろ」
そうして、へびは、するするすると
さっていったのでございます。
パシン　パシン

5　ないてくれるな、パンツさん

ひもは、ぬめぬめしたシッポがすっかり見えなくなるまで、じっとへびを見おくっておりましたが、さっそくひとりで、ＳＳ《エスエス》ＳＳと、うごいてみました。

はじめこそ、草のくきにからまったり、ウサギがほったあなに、おちそうになりました。

しかし、しゅうねんというものはおそろしい。けんめいに練習《れんしゅう》するうちに、なんとか、前に

すすむことができるようになったのでございます。
ＳＳ　ＳＳ　ＳＳ　ＳＳ……。

パンツは、ひもが練習するさまを、ふくざつな気もちで見ておりました。やがて、ひもはもっとうごけるようになるにちがいない。ならば、こんなところで風にふかれていたくはないだろう。

そう思うと、やもたてもたまらず、とうとう「ひもさん、ひもさん」と話しかけたのです。

「うごけないわたしとちがって、おまえさんはもう自由《じゆう》です。どこへなり、すきなところへお行きなさい」

ひもは、ゆっくりとパンツを見あげました。

心やさしいパンツをおいていくなんて、思っただけで、むねがはりさけそうでさあ。しかし、くまをさがしださなければ、パンツもひもも、ずうっと風にふかれたままです。

はかれてこそのパンツ、むすんでこそのひもというものだ。

つらい気もちをこらえながら、ひもはきっぱりと言いました。

「ないてくれるな、パンツさん。いつかキツキツのひもとなり、かならず、ここへもどってくる」

さびしげにゆれるパンツにくるりとせをむけ、ひもはいずこかへと旅立《たびだ》っていったのでございます。

パシン　パシン

6　学者《がくしゃ》、うごくひもを発見《はっけん》す！

ひもは、大きな町につきました。

見たこともないほど高いビルヂングが、ニョキニョキとあちこちにたっています。ひろい道の上を、馬車や人力車がすなぼこりをあげて、わがものがおに走っておりました。

ひもはおとなしく、道のはしを身《み》をくねらせてすすみます。

SS《エスエス》　SS　SS　SS……。

しかし、かわぐつにふまれ、ぞうりでけられ、ハイヒールでつかれ、はては、犬におしっこまでかけられて、へとへとのくたくたにひものなりました。

そんなときでございます。ひょろりとやせたおじさんが、ひもの前に立ち、行くてをふさいだのは……。

おじさんの、ふきげんそうなひたいにきざまれた二本の深《ふか》いしわにむかって、ひもはたのみました。

「どいとくれよ」

おじさんは、
びっくりぎょうてん。

「ひもがしゃべった！」

けれど、「なぜに、わがはいがどかねばならん」と、うごきません。

「おねがいだ。おいら、前にむかってならSS《エスエス》できるけど、よこには、うまくうごけないんだ」

ひもはつかれはてておりました。

おじさんはその場につっ立ったまま、どろや草のしる、犬のおしっこでよごれたひもを、じろりとにらみつけました。

じつは、このおじさんは学者《がくしゃ》でした。学者のしごとというのは、いつなんどきでも「なぜ？」とかんがえることです。

なぜ、ひもがうごくのか？

なぜ、しゃべるのか？

〝なぜ〟と思うだけで、せすじがゾクゾクしてきました。

学者は、「おまえさん、どうやら、長い旅《たび》をしてきたようだな。さぞや、つかれておるだろう。すこし休んでいきなさい」

そう言うやいなや、ひもを、じぶんの家につれかえったのでございます。

パシン　パシン

7　ひも、決死《けっし》のかくごで、だっしゅつす！

学者《がくしゃ》の家には、むずかしそうな本が、たなというたなに、ぴしーっとならべてありました。ゆかにも山のように高くつみあげられておりました。

大きなつくえの上には、まるいの、三角の、細いの、さまざまなガラスビンがところせましとひしめき、そのガラスビンのなかみときたら……青や赤、黄色にブクブクあわを立てています。

「いったい、ここはなんだろう？」

ひもは目をまるくして、すみっこにうずくまりました。

学者《がくしゃ》は、くしゃくしゃのひもをよこ目に、どうやったら〝なぜ〟のヒントを聞きだせるかと、頭をひねります。

ところが、そうしているうちにも、よごれたひもから、くさいにおいがぷんぷん、ぷんぷん……。

「これはたまらん！　鼻《はな》がまがってしまいそうだ」

学者はむんずとひもをつかみ、水のなかへザブンとつけました。

「つめたい！　やめて、やめてえ」

「よごれまみれのおまえを、あらってやるのだ。おとなしくしなさい」

それから、ひもは、ごしごしあらわれ、ぎゅうっとしぼられ、パンパンはたかれて、ものほしざおへ。

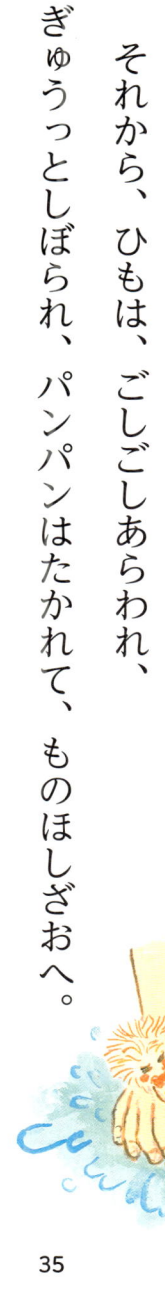

せんたくバサミでパツパツとめられ、またしても青空の下。

「パンツさん、ごめんよ。おいら、あれほどやくそくしたというのに、こんなところで、つかまっちまった。なさけない」

風にふかれて、ぶわりそわりそわり　そわりぶわり。

学者《がくしゃ》は、まっ白になったひもを見あげ、目を細めたんでさあ。

「うごくひも、しゃべるひも。この世《よ》のふしぎを手にいれたぞ」

それから、さらにかんがえこむと、ヒャッヒャッとぶきみにわらいました。

「よおし。〝なぜ〟など、もうよい。こやつをつかって、有名《ゆうめい》になろう。大学者《だいがくしゃ》になるのだ。ヒャッ、ヒャッ、ヒャッ」

〝なぜ〟をすてたら、学者はもはや学者でなくなってしまうのでございます。けれど、そうとは知らぬ学者でなくなった学者は、さっそくラジオ局《きょく》、新聞社に「お知らせ」をだしました。

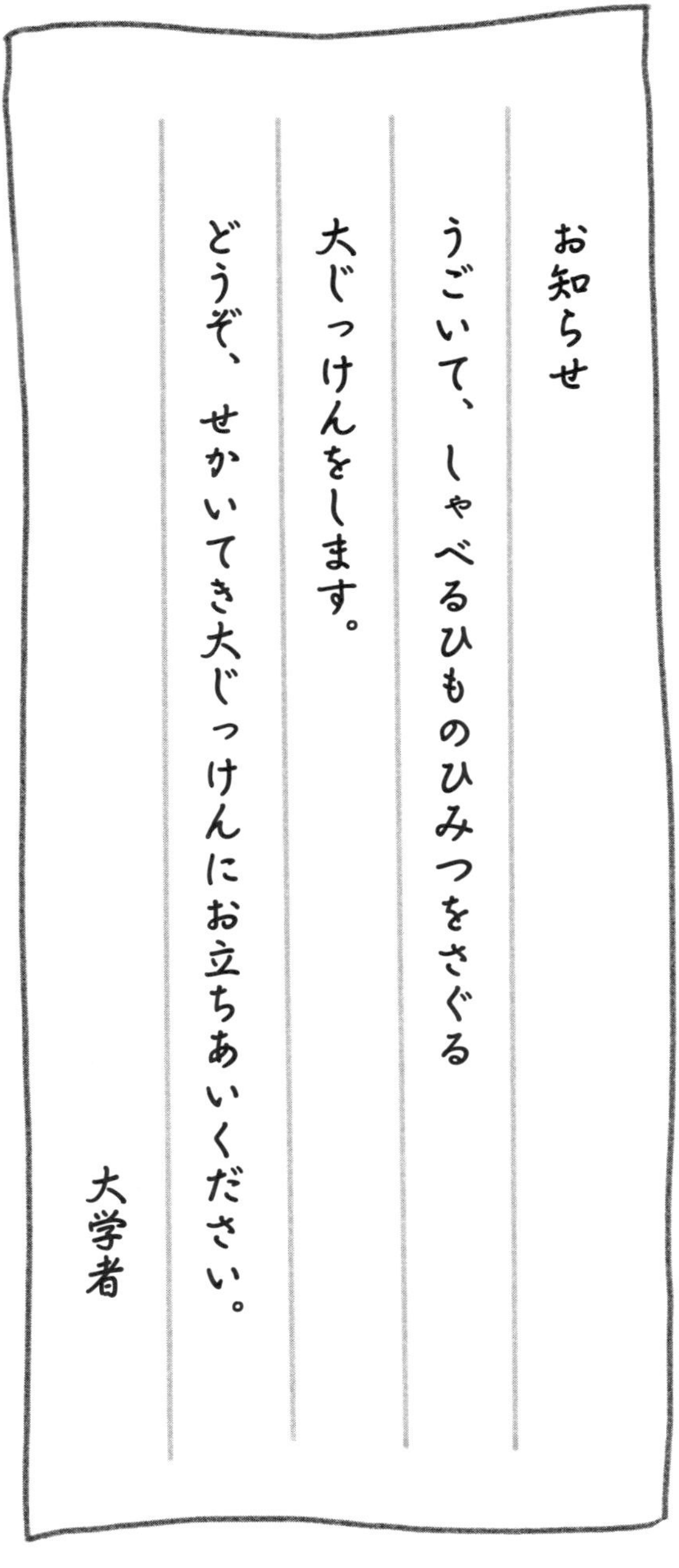
お知らせ

うごいて、しゃべるひものひみつをさぐる
大じっけんをします。
どうぞ、せかいてき大じっけんにお立ちあいください。

大学者

やがて、お知らせを受《う》けとったラジオ局《きょく》や新聞社の人びとが、せかいてき大じっけんを見るため、ぞくぞくとあつまってきました。

学者《がくしゃ》でなくなった学者は、せまい庭《にわ》に立ち、コホンとせきばらい。

「ようこそ、みなさん」

ものほしざおでゆれるひもを、とくいげにゆびさします。

「これこそが、わがはいが発見《はっけん》した、世《よ》にもめずらしい、うごいて、しゃべるひもである」

ピカッ！　カメラのフラッシュが、いっせいに光りました。

学者でなくなった学者は、とくいになってうでをくんだり、まゆをしかめてとおくを見るポーズをとったり。

さいごに、ぎらりと光るハサミをとりだして、

「ごきぼうならば、バッサリ半分にしてみせますぞ。それでもうごけるのか、しゃべれるのか、じっけんするのです」

それを聞いたひもは、ふるえあがりました。

「おいら、バッサリ切られたら、いっかんのおわりだ」


いっぽう、学者《がくしゃ》でなくなった学者は、とくいぜっちょう。きどったようすで、パッチンパッチンとせんたくバサミをはずしはじめます。

「いまだっ」

ひもは、そのときをのがしませんでした。学者でなくなった学者

の手をすりぬけ、地めんにひらり。

ぜんそく力で、SS《エスエス》　SS……！

「こらーっ、まてー」

「いやだ。まつもんかー」

死《し》にものぐるいのSS　SS！

にがすものかと追《お》いかける、学者
でなくなった学者。

ひもの運命《うんめい》や、いかに……。

パシン　パシン

8　ひも、大空をとぶ！

にげて、にげて、にげつかれて、ひもは、だんだんおそくなっていきました。

あぶない！　とうとう、学者《がくしゃ》でなくなった学者がもつハサミの先が、ひものはしっこにふれそうになった、まさにそのとき……黒いかげがさあっと近づいたかと思うと、ふわり、ひものからだはうきあがり……、じぶんでも気がつかないうちに、大空をとんでいたのでございます。

「おーい、にげるな。もどってこーい」

くやしそうにさけぶ、学者でなくなった学者。
そのすがたは豆《まめ》つぶのようになり、けしつぶのようになり、やがて、見えなくなりました。
ひもを足にひっかけ空をとんだのは、たたみ一まいはあろうかと思うほどの大ガラス。いちなんさって、また、いちなん。
ひもは、まっすぐ大ガラスの巣《す》へと……。

カラスの巣《す》は、高い山のちょうじょうに立つ大杉《おおすぎ》のてっぺんにありました。

大杉の根《ね》はからみあい、のたうち、そのまわりに白い石がごろごろと、ころがっております。

ふかふかのわらでつくった巣に、おりたったカラス。

しかしながらこのカラス、ただのカラスではありませんぞ。

なんと、てんぐがばけておりましたんでさあ。

巣につくやいなや、つばさから手と足がにゅうっとのびて、たちまちカラスてんぐにヘンシーン。それから、ちゃわんほどもあるピカピカした目で、ひもをにらみつけました。

「おい、おまえ。なぜに、追《お》われておったのじゃ」

ひもはふるえあがり、これまでのことを話しはじめました。

「おいら、キツキツになりたくて」

てんぐが、ふんふんとあいづちをうちます。

ひもは、するどくとんがったくちばしを見て、ずいぶん前に、くまから聞いたうわさ話をふと思いだしていました。

……なんでも、山のむこうには、大きな羽とするどいくちばし、それにふしぎな力をもったカラスてんぐがすんでいるそうな……。

ふしぎな力があるのなら、キツキツになる方法《ほうほう》だって知っているかもしれない。

ひもは、からだをいくえにもおりたたんで、頭をさげました。

「てんぐのダンナ。おいらのおししょうさんになっておくれ。おいら、どうしてもキツキツにならなきゃならねえんだ」

てんぐは、しばらく、うでをくんでかんがえこんでおりましたが、
やがて、「うーむ」と、うなりました。

「ひもよ、よく聞け。キツキツとはこれいかに。アリにはゆるくとも、カブトムシにはきつい。ゾウにはきつくとも、ウサギにはゆるい。ふしぎなものなのじゃ」

そして、その大きな手に、いたいほどきつく、ひもをにぎりしめたのでございます。

「まずは、しゅぎょうせい！」

パシン　パシン

9　きびしいしゅぎょう

しょうがありませんやね。てんぐときたら、〝三度《さんど》のめしより、しゅぎょうがすきなもん〟と、きまっておりまさあ。

てんぐは、ひもに、「こころえ」を書いたまきものをさずけました。

「ひもよ、このこころえを、よくよく頭にたたきこんで、しゅぎょうをするのじゃぞ」

「おしょうさん。しゅぎょうしたら、キツキツになれるのですね？」

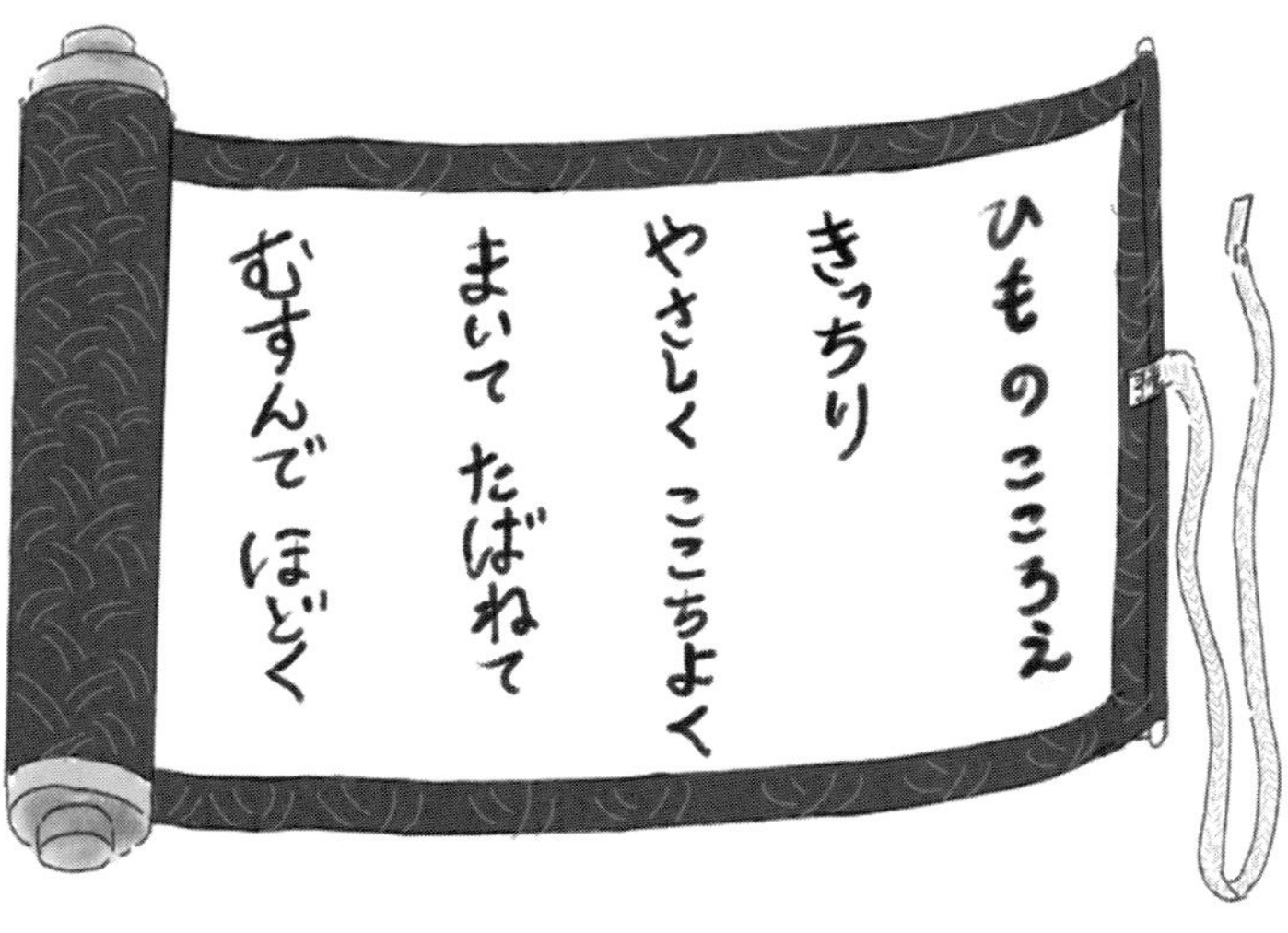
ひものこころえ
きっちり
やさしく　ここちよく
まいて　たばねて
むすんで　ほどく

「すくなくとも、こころえをしっかりもったひもにははなれる。知らんけど」

さあて、朝からばんまで、ばんから朝まで休みなく、ひものしゅぎょうが、はじまったのでございます。

のぶとい、「おーい」のひと声で、ひもは、てんぐのもとへと、いそぎます。

「おーい」

「なんでございましょう」

「ひるねをする。おちぬよう、わしにまきついて、木のみきにゆわえるのじゃ」

「へえ」


「おーい」

「なんでございましょう」

「まきをたくさん、きっちりたばねてこい」

「へえ」


「おーい」

「なんでございましょう」

「でかけるぞ。べんとうばこがあかぬよう、むすべ」

「へえ」

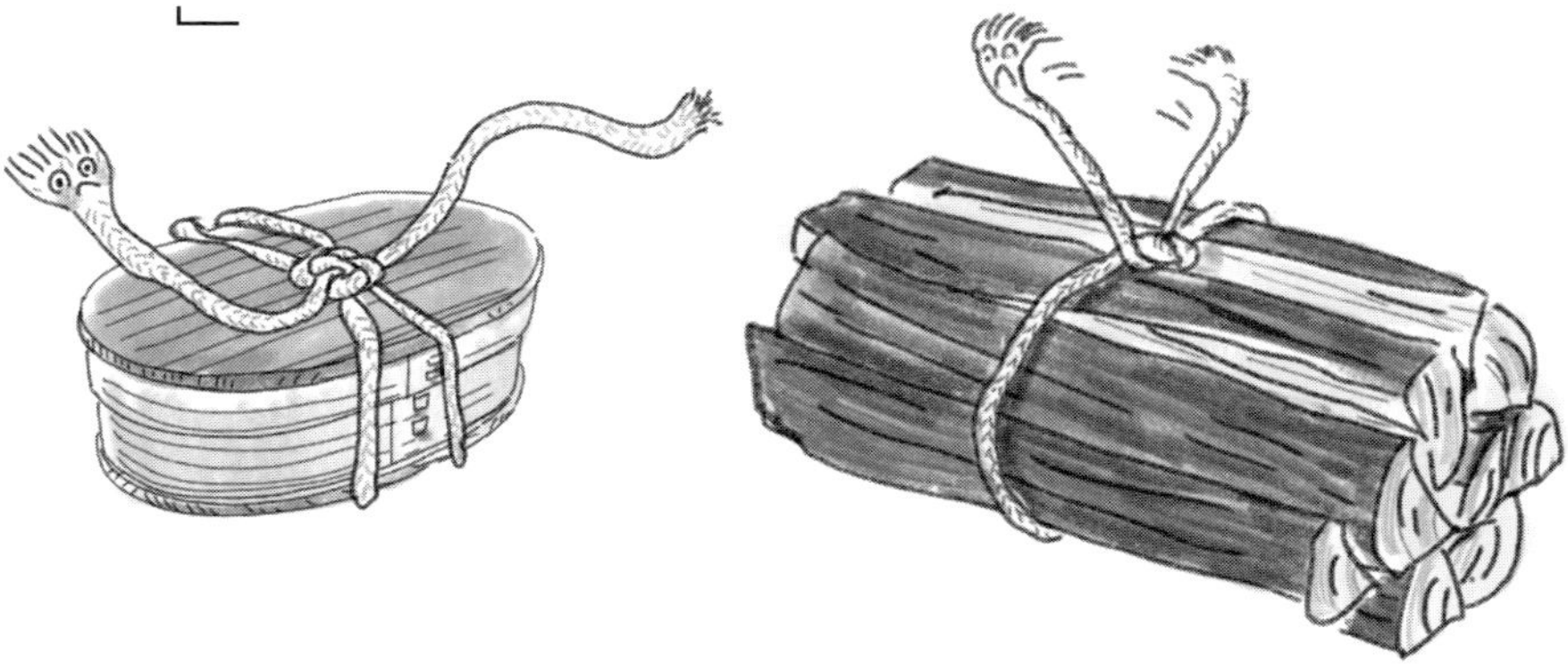

「おーい」

「なんでございましょう」

「やっぱり、すぐに食べることにする。ほどけ」

「へえ」

雨にもまけず、風にもまけず、雪にも、夏のあつさにもまけず
……ひもは、しゅぎょうをつづけたのでございます。


ところがある日のこと。てんぐが、いつになくひくい声で「おい」

と、よびました。

「なんでございましょう」

「とんでいるアブを三びき、つかまえてこい」

「へえ」

さっそく、ひもは大杉《おおすぎ》の巣《す》をおりて、とんでいるアブをつかまえにいきました。

ブンブンブンブン　ブブンブン

さいしょにつかまえたアブが「はなしてくれよー。むこうの原っぱに行きたいんだよー」と、なきました。

ブンブンブンブン　ブブンブン

二番目につかまえたアブは「はなしてくれよー。かふんでだんごをつくらなきゃならないんだ」と、さわぎます。

ブンブンブンブン　ブブンブン

三番目につかまえたアブときたら「こら、はなせよ。あっちの沼《ぬま》で、かあちゃんがまっているんだ」と、大あばれ。

アブたちは、ハナセ、ハナセと、あっちへブンブン、こっちへブンブン。

しっかりゆわえたアブたちといっしょに、ひもはてんぐのもとへとむかいます……が、そこで、かんがえこんでしまったのです。

「おいら、ものほしざおにせんたくバサミでとめられたとき、とてもつらかったなあ」

あのとき見た空を、ひもは思いだしておりました。

アブたちにも行きたいところがある。やりたいことがある。あいたいだれかがいる。

おしょうさんの命令《めいれい》とはいえ、いやがる者《もの》たちを、むりやりたばねていいものだろうか。

心はぐらぐらとゆれ、そして、とうとう決心《けっしん》したのでございます。

「どんなにしかられるかわからない。けど、おいらには、おまえたちをしばりつけることなどできないよ」

ひもからとかれたアブたちは、大よろこび。

ブンブンブンブン　ブブンブン

いちもくさんに、とびさっていきました。

パシン　パシン

10　おしょうさん、すんません

ひもはしょんぼりと、てんぐのもとへもどります。

大枝《おおえだ》にすわり、うちわで顔をあおぎながら、ちびり、ちびり、さかずきをかたむけていたてんぐは、ひもに気がつくと、じょうきげんで手まねきしました。

「おうおう、かえったか。つかまえたアブを、ここへもってこい」

ひもは、生きたここちがしません。

今は、じょうきげんなてんぐであっても、アブをつかまえてこなかったことを知ったら、どうなるのだろう。そう思っただけで、先っ

ぽから、こおりつくほどつめたくなっていきます。

しかし、ひもはしんこきゅうして、からだをピンとはりました。

「おしょうさん、すんません。アブはありません」

「なんだと！」

とたんに、かっと見ひらかれたてんぐの目。ちゃわんほどの大きさが、どんぶりほどになりました。

「すんません、すんません。お、おいらには……むりやり、アブたちをしばりつけることなどできませんでした」

「わしの命令《めいれい》にさからってもか」

おそろしさのあまり、てんぐの顔をまっすぐ見られず、下をむく、ひも。

「なぜだ？　なぜ、わしの言うことが聞けぬ？」
じごくからひびくようなその声に、ひもはますますちぢこまりました。が、いかりにもえるてんぐの目にいぬかれた、つぎのしゅんかん、じぶんでも知らないうちにさけんでいたのです。
「そ、それは、アブたちが、しばられたくなかったから。ここにきたくなかったからです！」

いよいよ、ひもは、どんなバツでも受《う》けるかくごをきめました。

ぎゅっと目をとじれば、深《ふか》い暗《くら》やみがひろがります。

はるかかなたの山寺から、ゴーンとかすかなかねの音がしたあとは、あたりはしんと静《しず》まりかえってしまいました。

……ところが、つぎに、ひもの耳に聞こえてきたのは、かんらかんらと高らかにひびく、わらい声。

おそるおそるまぶたをあければ、おだやかなてんぐの顔が見えました。

「ひもよ。よくぞもうした」

「よくぞって……？」

「じぶんのねがいをかなえるためなら、ほかの者《もの》など、どうなってもかまわぬ。そういった欲《よく》の深《ふか》い者たちばかりを、これまで、わしは、どれほど見てきたことか……」

とがったくちばしをふるわせ、てんぐが問《と》いかけます。

「その者たちが、どうなったか。そなたに、わかるかのう？」

わかるか？　と聞かれても、ひもにわかるはずなどありません。なんのことやらかんがえこむうち、右にねじねじ、左にねじねじ、上にも下にも、ねじれにねじれてしまいました。

てんぐはひものようすを、さもおもしろそうに、ながめておりました。が、ふいに息《いき》がかかるほど、顔を近づけてきたかと思うと、

「みーんな、わしが石にかえてやったわい」

にやりとわらったのでございます。

てんぐのくちばしが、ますますとがって見えます。うすっぺらな、じぶんのからだなど、かんたんにつらぬいてしまうでしょう。ひもは、ふるえあがりました。

「ひもよ。もし、そなたが、いやがるアブたちをむりやりゆわえて、つれてきたならば、わしは、そなたも石にかえるつもりじゃったのだぞ」

「おいらを……石に？」

「そのとおり。うそだと思うなら、あれを見るがいい」

てんぐがゆびさした杉《すぎ》の木の根《ね》もとを、おそるおそる、ひもは見おろします。ごろごろしているのは、生きものの頭ほどもある石。よく見れば、どれもこれも苦《くる》しくゆがんだ顔のようです。

てんぐが、ばさりと羽をゆすりました。

「そなたはよくぞ、おのれの欲《よく》をおさえたのう。ほめてやろう」

……ほめられた！　ひもはびっくりして、目をぱちくり。

ぱちくり、ぱちくり、何度《なんど》もまばたきするあいだに、ようやく、

ふるえもおさまっていきました。

パシン　パシン

11　ほめられても、けなされても

なにしろ、めったにほめないてんぐにほめられたのですから、おどろくのは、いたしかたないことでしょう。

やがて、ひものからだはふるえるどころか、すみからすみまで、じわじわとうれしさでいっぱいになりました。

「わーい。ほめられた、おししょうさんに、ほめられた。おいらはすごい。すごいにちがいない」

とびあがって、大よろこび。

が、それを見たてんぐはふいに顔をしかめ、手にもったカラスの羽のうちわをひとふりしました。

びゅーんと、つよい風がふきつけます。あわてて、枝《えだ》にしがみつくひも。ふきとばされこそしませんでしたが、すっかり、こんがらがってしまいました。

そんなひもが、かわいそうになったのでしょうか。

てんぐは、ひもをほどいてやりながら、「うちょうてんになるではない」と、語りかけたのでございます。

「ひもよ、よく聞け。この先、天にのぼるほど、おまえをほめそやす者《もの》があらわれるかもしれぬ。地にうまるほど、こてんぱんにけなす者にも、出あうであろう。しかし、だれにほめられようが、けなされようが、とらわれすぎてはならぬ。まっさらな目で、しっかりとじぶんを見よ。とらわれれば、そなたはそなたでなくなってしまうのだぞ」

ところが、それを聞いたひもは、またもや、ねじれてしまうのでした。

「わからねえ。どういうことですか？　おしょうさん」

「だれかになにか言われるたびに、よろこびすぎたり、かなしみすぎたりするのは、おろかなことじゃ」

「おしょうさんにでも？」

「……もちろん。わしは、気にいらぬやつを石にすることもあるてんぐなのだぞ。花もさかすが、からしもする」

てんぐが、近くの木のみきにむかって、またもや、うちわをふり

ます。すると、みるみる木の枝《えだ》はきれいな花でいっぱいに……。それからもう一度《いちど》、つよくあおぐと、とたんに花は、みんなかれてしまいました。

白い石たちがぶるぶるふるえ、ぶーんといやな音を立てます。

ひもは、ますますめんくらって、

「だって、だって……おししょうさんの言うことをたよっちゃいけねえんなら、おいら、まよっちまう、なにもかもわからなくなる。どうしたらいいのですか？　おししょうさん」

それを聞いたてんぐは、くちばしをカタカタさせて、大わらい。

「わからぬことも、またよきかな」と、ひものまんなかあたりを、ちょんちょん、ゆびでつつきました。

「思いまよったときにこそ、じぶんの腹《はら》に力をこめろ。だれのこともうらまず、ねたまず、そなたがのぞむゆめにたどりつく道を、思いえがけ。かんがえるのじゃ」

「かんがえる？」

「なんのために、その頭はあるのかの？　ぼうしをかぶるためだけにあるのではなかろうて」

こうして、しゅぎょうはつづいたのでございます。

パシン　パシン

12 めんきょかいでん「パンツのひも ゆるざえもん」となる

こころえを、きもにきざんで、ひもはまいてはほどき、たばねてはほどき、むすんではほどき、前にもまして、しゅぎょうにはげみました。そして、いつしか、じぶんのどの部分《ぶぶん》であろうと、自由自在《じゆうじざい》にむすんではほどくことができるようになったのでございます。

ある日、ついにてんぐが、ひもにつげ

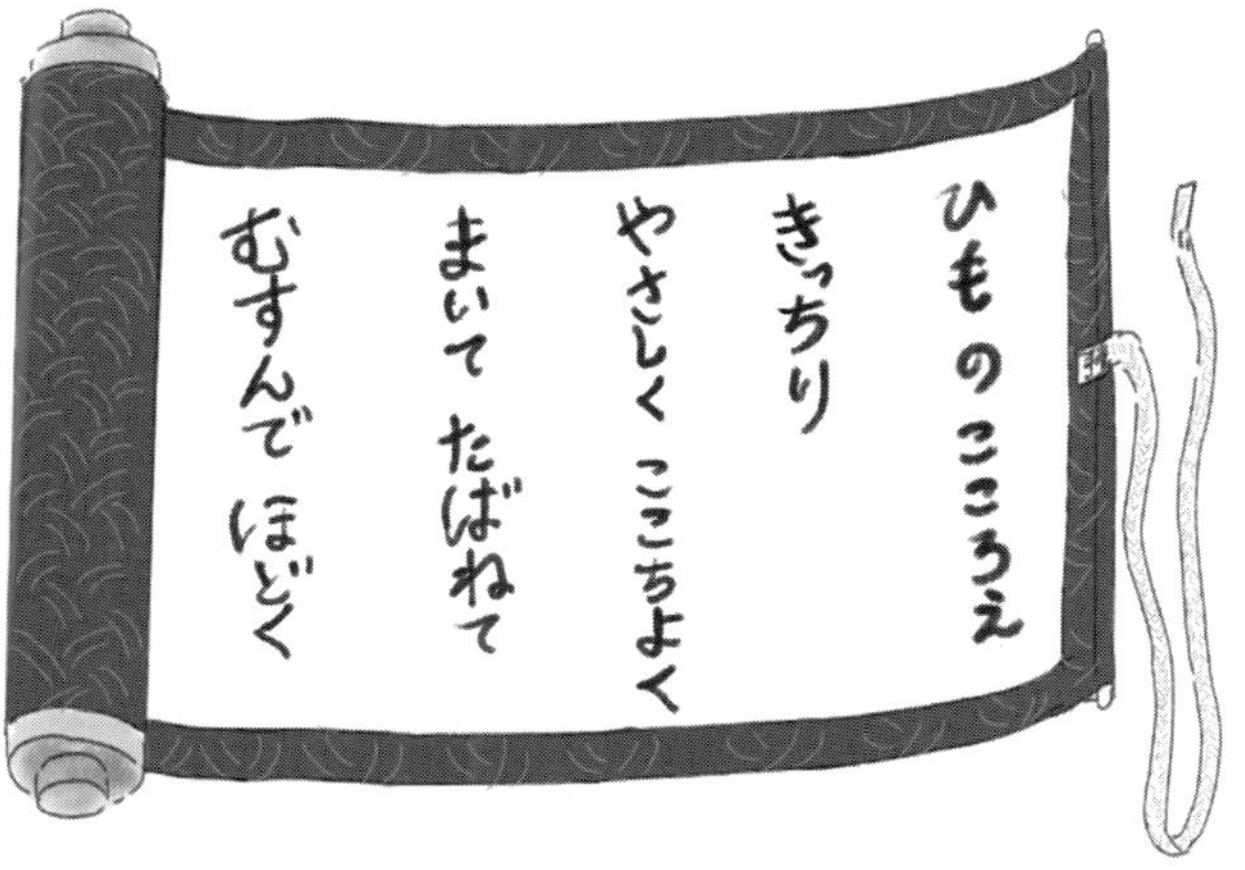
ひものこころえ
きっちり
やさしく ここちよく
まいて たばねて
むすんで ほどく

ました。

「つらいしゅぎょうにたえて、よくがんばった。そなたはもう、大きなものから小さなものまで、じぶんの頭でかんがえ、まいてたばねて、むすんでほどくことができる。りっぱにめんきょかいでんじゃ」

ひものよろこびようといったら！

てんぐにとっても、だれかにめんきょをあたえられるのは、とてもうれしいことでありました。

「むねをはってパンツのところへかえってよいぞ。ついては、わしからの祝《いわ》いに、名をさずけてやろう」

さらさらと、まき紙にすみで書かれた文字は、〝パンツのひもゆるざえもん〟。

「いつまでも、さいしょの気もちを
わすれぬようにな。これから、そな
たの名はゆるざえもんじゃ」
「ありがとうございます。
おしょうさん」

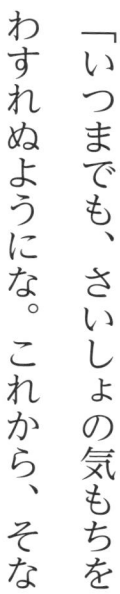

うれし、はずかし、ひもは、からだをねじりにねじりました。それからふっと、また、ふたつにおれて、

「もうひとつ、祝《いわ》いをください」と、頭をさげます。

「こやつめ、まだ、たらぬともうすか」

「へえ。くまを見つけてください。パンツも、くまにあいたいにちがいねえです」

「あいわかった」

てんぐは、くまをパンツのところへつれていくと、やくそくしてくれました。

パンツは、おなじ場所で、ぶわりそわりと風にふかれておりました。どれくらいまっていたのかも、わすれてしまうほどの長いあいだ、まちつづけていたのでございます。

その日も、いつもとかわらず、今日《きょう》か明日《あす》かと、まっておりますと……おや？　野原のなかを、なにかが草をなぎたおし、いなずまのようにすばやく、近づいてくるではありませんか。

「はて、あれはなにかしら？」

ながめるうちに、いなずまは、みるみるパンツのそばまでやってきて、目の前でぴたりと、とまりました。

たおれた草の下からあらわれたのは……、

なんと！

あれほど、朝な夕なにまちつづけた、ひもでございました。

すっかりたくましくなったひも。そのすがたを見て、パンツはあまりのうれしさに、なみだにくれたんでさあ。

やがて、てんぐにつれられ、くまも、もどってまいりました。

ひもはさっそく、するするとパンツにもどります。

さすがのめんきょかいでん〝パンツのひも　ゆるざえもん〟は、今度《こんど》こそ、ちょうどいいぐあいに、むすび目をつくりました。

パンツはもう、くまのしりからずりおちることはありませんでした。

くまとパンツと、パンツのひも　ゆるざえもんは、野原をかけまわり、しあわせにくらしましたとさ。

やれ、めでたや、めでたや。
パシン　パシン

13　もってけ、どろぼう！

「さあて、みなのしゅう。そのしあわせも今はむかし。やがて、くまは天国へ。パンツも土にかえったのでございます」

男はしんみりとそう言ったあとで、古いカバンから、なにやら細長いものをとりだして、

「さてはさて。目には見よ。耳には聞け。ここにとりいだしたるは、パンツのひも　ゆるざえもんなり。しょうしんしょうめい、めんきょかいでん、パンツのひも　ゆるざえもんである」

ぴいひゃらぴいひゃら　どどんこどん……祭《まつ》りばやしの音が、高

くなり……負《ま》けじと声をはりあげる男。

「ゆるざえもんが、あたらしいあるじをさがしておる。そこの、とっつぁん、どうだね、あんたのパンツに……。安《やす》くまけておくぜ」

ぴいひゃらぴいひゃら　どどんこどん。

「安いよ、安いよ」

ぴいひゃらぴいひゃら　どどんこどん。

「もっとまけろってか？　よおし、かわいいぼうやにめんじて、とくべつ出血《しゅっけつ》大安売りよ」

ぴいひゃらぴいひゃら　どどんこどん。

「おい、なんだって？　金はだせねえってか。かなわねえなあ。しかし、今日《きょう》は、祭りだ。めでたい日だ。ようし、めんきょかいでん、しゅぎょうをつんだゆるざえもんが、今だけ、ただ！　ただだぞ。ただだぞ」

「えーい、もってけ、どろぼう！」

男の着物《きもの》のせなかにある、かすかなほころび……。そのやぶれ目から、わずかにのぞいて見えるのは……黒い羽の先でございました。

おしまい

作　森くま堂

鳥取県米子市生まれ。同志社女子大学英文学科卒業。児童文学者協会、季節風同人。「カマキリがとんだ日」で毎日小さな童話大賞・落合恵子賞、「古い地図のむこうから」で創作コンクールつばさ賞〈読み物部門〉・優秀賞、「ちこくのりゆう」で絵本テキスト大賞を受賞。文を手がけた絵本に『おむすびころりん はっけよい！』(偕成社)、『ちこくのりゆう』(童心社)、『カッパーノ』『カッパーナ』(BL出版)など多数。

絵　カワダクニコ

東京都生まれ。日本大学芸術学部卒業。日本児童出版美術家連盟会員。2011年、第17回おひさま大賞優秀賞受賞。おもな絵本作品に『ワニくんのながいかお』(日本マクドナルド)、『おばけえん』(作・最上一平、教育画劇)、『にゃんたる刑事』(PHP研究所)、『おうちくん』(303BOOKS)、『チビのおねがい』(作・室井滋、教育画劇)、『ぴったんこ』(エンブックス)、『こねこねねこのねこピッツァ』(作・くさかみなこ、KADOKAWA)など多数。

パンツのひも　ゆるざえもん

2025年5月30日 初版第1刷発行

作者／森くま堂
画家／カワダクニコ
装幀／山田　武

発行所／株式会社 国土社
〒101-0062 東京都千代田区神田駿河台2-5
電話 03-6272-6125 FAX 03-6272-6126
https://www.kokudosha.co.jp

印刷／モリモト印刷株式会社
製本／株式会社 難波製本

落丁本・乱丁本はいつでもおとりかえいたします。
NDC913 80p 21cm ISBN978-4-337-33672-8 C8393

Printed in Japan ©2025 Morikumadou / K.Kawada